DOUYÉ - YLLYA

Marie-Lune

SHOPPING
ET SECRET DÉFENSE

POP! est une collection dirigée par
Hélène Bruller et Fabrice Le Jean

Hachette Livre, 43, quai de Grenelle, 75015 Paris.

1. Mon univers

Voilà, elle, c'est ma sœur. Ma sœur jumelle : Ka. En toute modestie, et je suis très modeste, c'est mon seul défaut. À part Ka, franchement, je suis quelqu'un de super.

D'abord, je suis une amie fidèle ; et Anne-So, ma meilleure amie, peut en témoigner. Ensuite, je peux porter des chaussures deux tailles trop petites si ce sont les derniers modèles de Malono. Enfin, je suis championne de shopping.

Car OUI ! Le shopping, c'est du sport : randonnée (parcourir les Champs-Élysées, c'est de la marche) ; course de vitesse (à l'ouverture des soldes, si vous n'êtes pas rapide, vous rentrez chez vous sans rien. L'horreur !)...

Et puis, il faut avoir l'esprit de compétition. Attraper la dernière chemise Hugo Buss, ça requiert une volonté d'acier. N'oublions pas la musculation ! Un sac Padra ne pèse pas si lourd que ça – mais quand on les achète par 12 ?

Ah ! J'allais oublier les risques potentiels : de foulures du poignet à essayer les sacs ; d'ampoules à force de faire le code de la carte Gold de papa ; de migraines à comparer les bijoux Chanoul durant des heures... Être au top en matière de shopping, ce n'est pas à la portée de la première venue.

Anne-So et moi, on fait le maximum pour être les meilleures, on s'entraîne intensivement pour garder le niveau, et surtout, on se soutient mutuellement. Sauf pour les soldes : c'est chacune pour soi. Bref, si le shopping était une discipline olympique, je serais médaille d'or.

Ka n'est pas du tout d'accord avec moi (sur des sujets pas trop importants, encore, je passerais l'éponge, mais le shopping ? C'est toute ma vie !). Franchement, je ne la comprends pas.

Elle passe son temps à me poser des questions absurdes : « Tu n'as pas honte de dépenser en un après-midi le salaire mensuel d'un ouvrier ? » Pff, comme si j'allais racketter les ouvriers dans la rue ! Ce n'est pas leur argent que je prends, c'est la carte de crédit de mon père.

Ou bien encore : « Marie-Lune, quand cesseras-tu de te comporter comme une riche héritière ? » Alors que je SUIS une riche héritière, donc pourquoi arrêter ? Je ne vois vraiment pas où elle veut en venir. Enfin voilà : Anne-So, ma meilleure amie ; Ka, ma sœur étrange (on a dû se tromper de bébé à la maternité, forcément !) ; les marques très chères et le shopping ; c'est mon univers.

Elle a répondu « non ». Puisque je vous dis qu'elle ne peut pas vraiment être ma sœur.

2. Mon école

Il paraît qu'il y a des écoles où la bouffe est infecte. Alors que dans la mienne, c'est cantine trois étoiles à chaque repas. On a chacun un maître d'hôtel qui nous apporte des plats cuisinés par un chef. C'est délicieux.

Du coup j'ai un peu de mal à concevoir que les élèves des autres écoles se plaignent que leur cantine est « dégueu », je veux dire, comment ça se passe là-bas ?

J'aime surtout les cours de sports, même si ce n'est pas facile de choisir à chaque fois entre : piquer une tête dans la piscine olympique chauffée et décorée avec de vrais palmiers et des transats, et faire de l'équitation sur les chevaux pur-sang mis à notre disposition. Et, au cas où l'envie de shopping nous prendrait tout d'un coup entre deux cours, on a une boutique dans l'école. Mais je pense que ce que je préfère, c'est encore l'espace Forme et Beauté.

Il paraît qu'il y a des écoles sans SPA.

Le seul truc nul avec mon école… c'est nos uniformes trop moches. Être habillées toutes pareilles alors qu'on achète plein de nouvelles tenues chaque week-end, pff, franchement !

Pour convaincre la surveillante de nous laisser porter nos habits, Poochie invente des histoires dignes de la science-fiction (« Je peux pas retirer ma tenue, elle est greffée à mon corps ! »), et Églantine bluffe (« Si si, la combi Gouchi rose bonbon, c'est le nouvel uniforme officiel ! »).

Rien ne fonctionne, la surveillante ne marche jamais, et invariablement, on se fait renvoyer au vestiaire pour endosser ce stupide uniforme, qui est, laissez-moi vous le dire, bien moins seyant que mon ensemble Cannel, et ça, c'est indiscutable.

Mais on dirait que la surveillante ne s'en rend pas compte – elle n'a aucun goût, la pauvre. En même temps, quand on voit son tailleur même pas de marque, gris comme la pluie, ça semble évident. Alors comment faire pour affirmer sa personnalité malgré la contrainte ?

Moi, j'ai changé d'angle d'attaque ! Je me suis bien rendu compte que l'uniforme était inévitable, avec la surveillante, son œil de lynx et son caractère inflexible… Alors je mise sur le faux malaise…

C'est simple : je fais semblant de tomber dans les pommes, la surveillante appelle l'infirmière de l'école, elle m'enlève mon haut pour pouvoir vérifier ma tension et écouter mon cœur… Et là…

3. Anne-So

Anne-So est ma meilleure amie. On s'entend vraiment, vraiment bien. Déjà, elle aime le shopping autant que moi, et ça, c'est rare. Elle me soutient, elle me comprend. C'est fou : Ka est ma sœur jumelle (enfin officiellement... je vous parlerai plus tard de ma théorie du bébé échangé à la maternité), mais franchement, dans les moments importants, c'est sur Anne-So que je peux compter.

Je sais qu'elle va me comprendre sans que j'aie besoin de lui expliquer quoi que ce soit. Par exemple, quand j'ai trouvé le sac de mes rêves, mais qu'il n'était pas assez cher, c'est elle qui a expliqué à la vendeuse qu'il était impensable qu'on sorte de la boutique avec un sac à quatre sous (enfin 159 euros, mais c'est pareil).

Et la fois où j'ai cassé mon talon lors d'une séance de soldes particulièrement sportive et dangereuse, elle était d'accord avec moi :

Et puis, elle prend soin de moi. Parce que moi aussi, des fois, je me sens abattue.

Une vendeuse m'annonce qu'elle vient de vendre le dernier joli petit bonnet glamour à la fille qui vient de sortir de la boutique ; ou bien Poochie renverse sans faire exprès son jus de fruit sur mon top créateur unique au monde qui ne passe pas en machine ; ou encore Ka confond Diar et Padra… Oui, moi aussi, des fois, j'ai des moments de faiblesse, et Anne-So me réconforte.

Et puis ce n'est pas n'importe qui, Anne-So. C'est une princesse. Mais une vraie princesse, hein, pas dans le sens : elle a de la classe ; non, dans le sens : son père est roi.

Elle est tellement grande dame ! Vraiment, je l'adore.

Bref, en un mot, Anne-So et moi sommes toujours sur la même longueur d'onde...

Mais même si Anne-So est ma meilleure amie, il y a une chose que je ne lui avouerai jamais.

4. Ka

Chaque fois que je parle de ma sœur, je vous dis qu'on ne se ressemble vraiment pas. C'est vrai. Mais ne croyez pas que je ne l'aime pas – ce n'est pas du tout ça. En fait, on s'aime très fort. Mais c'est vrai qu'on a parfois du mal à communiquer.

Et puis Ka est moins sociable que moi, et a moins d'amis, du coup elle m'aime encore plus fort. Vraiment, elle sait quelle chance elle a de m'avoir.

Bon, j'avoue, elle ne mâche pas ses mots. Mais c'est quelqu'un de très engagé, elle adore les bonnes causes, l'écologie, les animaux, tout ça. Et elle est très forte pour faire entendre son point de vue aux autres.

C'est important de sensibiliser les gens à ce genre de problèmes. Enfin, comme elle sensibilise assez pour deux, moi je préfère sensibiliser les gens aux dangers de mélanger les pois et les rayures, mais la démarche est la même : faire le bien autour de nous.

Ce qui est vrai aussi, c'est qu'elle a parfois des réflexions complètement étranges. Par exemple l'autre jour, il ne restait qu'une paire de Malono dans la boutique, et Anne-So était en train de m'aider à les enfiler – en fait elles n'étaient pas vraiment à ma taille, plutôt deux pointures en dessous, mais enfin c'étaient les dernières et elles étaient magnifiques.
Et c'étaient des Malono !

Le genre de réflexion absurde qui ne fait vraiment pas avancer le débat.

C'est ce qui me fait dire qu'on ne peut pas vraiment être sœurs, surtout pas jumelles. Je ne vois pas comment on a pu passer neuf mois dans le même ventre sans se taper dessus vu qu'on a déjà du mal à se supporter deux minutes. En fait, ma théorie est très simple : je suis née avec une sœur jumelle. Mais ce n'était pas Ka. Je pense que quelqu'un est passé devant notre couveuse, et s'est dit :

Et voilà comment je me suis retrouvée avec une sœur grognonne et rabat-joie.

Mais si je dois être tout à fait honnête… Des fois, même si elle a été échangée à la naissance, je suis bien contente de l'avoir.

5. Les principes

Je vous ai dit que j'admirais Ka pour ses principes. Mais elle n'en a pas l'exclusivité. Le premier de mes principes : si c'est de la marque, et si c'est le dernier exemplaire, j'achète. Même si c'est un truc que je ne mettrai pas. Ensuite : il faut savoir investir. Par exemple, quand je vais chez Semora, et que j'achète des produits Lainvan, Diar ou Cannel… je donne beaucoup, mais je reçois aussi beaucoup... d'échantillons.

Un autre principe de base : ne jamais mentir quand on parle de *fashion*. Je ne peux tout simplement pas laisser certaines personnes déambuler attifées n'importe comment. Je leur dis quand c'est moche, même si c'est dur. C'est quasi un devoir.

Et bien sûr j'aide ces nécessiteux de la mode à s'habiller correctement. Comme une sorte de mission humanitaire, en fait. Alors Ka peut crâner avec ses engagements, mais l'important c'est que chacun agisse à son niveau.

Encore un de mes principes, quelque chose d'essentiel : on ne sort jamais d'une boutique avec un sac minuscule. Je n'oublie jamais que Poochie et Églantine sont sur le qui-vive en permanence, à l'affût du moindre ragot pour Racontage De Potins, le journal de l'école.

Pour être sûre que personne ne pourra me voir avec un sac presque vide et en déduire que je suis ruinée, je suis prête à acheter une doudoune en plein mois d'août. Je ne recule devant rien.

Une autre chose sur laquelle je refuse de transiger : le pull qu'il te faut, c'est le pull qu'il te faut. C'est comme l'amour, il ne faut pas se laisser décourager par les obstacles. Même si le portant est une fille, et que cette fille n'est pas d'accord : tant qu'elle n'est pas passée en caisse, ce pull peut être à moi.

Je pourrais continuer la liste longtemps comme ça. Mais en bref, vous voyez que j'ai effectivement des principes moi aussi. Ka n'est pas la seule.

Ah oui, et d'ailleurs, mon principe le plus récent, c'est : ne plus jamais aller au zoo.

C'est loin, ça sent le crottin, et les sacs à main ont des dents.

6. Pierre-Charles

À première vue, on dirait que ça a été le coup de foudre immédiat avec Pierre-Charles. Mais pour tout vous dire, la première fois qu'Anne-So et moi l'avons vu, on a surtout remarqué son portable, un Tokia-BFX-3G.

On avait voulu lui acheter, mais il avait refusé. En fait, il n'avait pas répondu et il était parti en levant les yeux au ciel, l'air de trouver qu'on était folles. Alors qu'on est simplement logiques : quand on aime quelque chose, on l'achète.

Ensuite, on s'est rendu compte qu'il était le nouveau vendeur de la boutique de l'école. Et qu'on ne l'avait pas bien regardé la première fois.

Enfin, moi je me suis rendu compte qu'il était hyper-mignon, mais Anne-So regardait plutôt les nouveaux pulls en cachemire.

Il s'est souvenu de nous lui aussi – enfin c'est normal vu qu'on est quand même de très jolies filles extrêmement bien habillées. Je veux bien être modeste mais il ne faut pas non plus se voiler la face.

Il est tout à fait charmant. Bon, comme tous les mecs, il est un peu dragueur sur les bords… Avec ses « Mesdemoiselles, je serais ravi de vous renseigner… Mesdemoiselles, laissez-moi vous présenter nos nouveautés… Mesdemoiselles, quel plaisir pour moi de vous accueillir… »

Mais il est vraiment très gentil, et puis il a eu des petites attentions délicates ! Par exemple, il nous a donné son Tokia BFX-3G – enfin, il l'a donné à Anne-So parce que moi j'étais trop loin.

Bref, il est super-craquant. Avec ses cheveux coiffés-décoiffés, et puis il porte siii bien le costume ; il plie parfaitement les pulls ; il a des yeux parfaits ; il a des mains parfaites ; son nœud de cravate est parfait ; ses chaussures sont parfaites ; il manipule les cintres de façon parfaite ; et, même quand il ouvre les portes, il les ouvre parfaitement. Il est parfait.

Anne-So n'avait pas l'air convaincu. Bizarre, d'habitude on est d'accord sur tout.

Enfin quoi qu'il en soit, c'est essentiel pour le prestige de l'école d'avoir un bon vendeur pour la boutique, et comme je le faisais remarquer, Pierre-Charles est parfait. Et franchement, je pense qu'il n'est pas non plus insensible à mon charme. Je crois que je lui ai même carrément tapé dans l'œil.

7. Zone Spéciale

J'ai lu ce premier message en faisant du shopping online avec Ka.

– Hiii ! Je vais devenir une star internationale de la télé !

Je me suis jetée sur Ka pour lui faire des bises. Au lieu de se réjouir pour moi, Ka m'a demandé :

– Arrête de me baver dessus, tu veux bien ?

Une réponse sans aucun rapport avec ma future gloire télévisuelle mondiale.

J'ai fait une liste avec les choses dont j'allais avoir besoin : une robe de soirée, des lunettes noires pour qu'on ne me reconnaisse pas, et éventuellement un garde du corps.

Première priorité : la robe, puisque bientôt les caméras du monde entier seraient braquées sur moi. Direction les boutiques avec Anne-So. Inutile de proposer à Ka, vu que sa seule remarque avait été : « T'en as pas assez, des robes, avec ta collection ? » Pff.

Bref, j'étais avec Anne-So, qui a dit :

La vendeuse a dit que ma robe m'allait à ravir. Par contre, elle, elle était habillée comme l'as de pique. Franchement, j'ai trouvé sa tenue tellement moche que j'ai dû intervenir.

Avec sa morphologie, il lui fallait des vêtements taille haute, et des ceintures larges pour souligner ses hanches – comme je suis sympa, je lui ai fait une petite sélection de modèles et zou, je l'ai envoyée se changer.

Quand la vendeuse est ressortie de la cabine d'essayage, il y avait un très net mieux.

Ses vêtements ne juraient plus les uns avec les autres ; grosse progression. Quand elle était entrée dans la cabine, elle avait un pull de pépé, trois sortes de motifs différents (mais qui étaient déjà moches pris un par un), et quelque chose comme huit couleurs différentes sur elle. C'est fou, les gens devraient tout de même connaître les bases, non ?

J'ai mis la touche finale et…

Elle est repartie ravie. C'est là qu'une cliente s'est approchée et m'a demandé :

Elle me prenait pour une vendeuse ! Moi ! Une future star internationale ! En plus, elle en connaît beaucoup, des vendeuses en robe longue et gants montants ? J'étais tellement vexée que j'ai pensé un instant m'exiler à Tahiti.

Mais un instant seulement, parce que je ne voudrais pas louper mon interview et mon rendez-vous avec la célébrité internationale.

8. Le métro

Incroyable. Aujourd'hui, j'ai pris le métro. Moi. Pour cette interview dans Zone Spéciale qui doit me rendre célèbre. Anne-So m'a accompagnée jusqu'à la bouche de métro, et elle m'a encouragée avant que je me lance. Elle voulait aussi s'assurer que s'il m'arrivait quelque chose, mes accessoires et mes vêtements seraient entre de bonnes mains. Ça, c'est vraiment une amie... J'ai descendu les escaliers.

Je vous rassure : tout s'est bien passé. Mais le métro, quel endroit étrange ! D'abord, des garçons du métro ont voulu me parler, mais je n'ai pas compris leur langue. L'un d'eux a dit :

J'ai bien vu à leur tête que l'anglais ne passait pas, mais ils avaient l'air gentil. Ensuite, un vieux monsieur s'est approché de moi et m'a tendu un chapeau plein de pièces de monnaie. « De l'argent pour manger s'il vous plaît ! », mais je l'ai rassuré : je n'avais pas besoin d'argent.

Comme justement, j'avais une petite faim, j'ai décidé d'aller faire un tour dans le restaurant – oui, c'est fou, dans le métro, il y a aussi des restaurants ! Bon, ils ne sont pas vraiment comme les restaurants normaux : il n'y a pas de couverts, ni de tables… En fait, c'est simplement un comptoir où on vend des boissons et des tranches de pain avec des trucs au milieu, mais en tout cas c'était vraiment exotique ! D'ailleurs, ce n'était pas la seule chose à être « exotique ».

J'ai fini par arriver à destination sans problème. Le métro est un lieu étrange, mais pas hostile. Pour me remettre de cette expérience, j'ai voulu faire un brin de shopping, figurez-vous que même dans le métro, on peut acheter des choses ! Mais j'ai trouvé leur offre un peu décevante.

J'ai fini par abandonner. Les 58 personnes qui attendaient derrière moi semblaient un peu agacées (elles étaient sans doute elles aussi déçues qu'il n'y ait rien d'autre que des tickets).

Bref, tout s'est formidablement bien passé, j'ai eu l'impression de faire un voyage extraordinaire, ce qui était un peu vrai vu toutes les choses originales qui m'étaient arrivées.

Et puis pour être honnête, j'étais surtout ravie d'avance de raconter tout ça aux copines. Elles qui n'ont jamais, jamais mis un orteil dans un métro (on ne peut pas être toutes taillées pour l'aventure quoi), j'imaginais déjà leurs commentaires admiratifs.

Je parie qu'elles vont l'encadrer.

9. L'interview

L'interview pour Zone Spéciale ne s'est pas aussi bien passée que prévu. Je pensais qu'on parlerait shopping. Mais la journaliste n'était apparemment intéressée que par une seule chose : mon père. Et sa fortune...

Mon père, je n'en parle à personne. Même Anne-So ne sait pas comment mon père a gagné tout son argent !

Mais la journaliste, elle, ne baissait pas les bras. Alors j'ai fait celle qui est dur de la feuille.

– Non, je veux savoir comment votre père a gagné de l'argent ? a-t-elle insisté.

Mais moi aussi je suis têtue, et j'ai continué à faire comme si j'avais les oreilles sérieusement bouchées :

– Ah, les gens... ils critiquent beaucoup les riches ! Mais c'est juste de la jalousie.

– ... Mais non, mais... Mais votre père, il dirige une usine ?

– ... Euh, non, il n'a pas d'angine.

Je n'allais pas pouvoir continuer ce petit jeu indéfiniment, alors j'ai fait diversion :

Pendant que la journaliste scrutait ses rides imaginaires dans son poudrier, j'en ai profité pour filer à l'anglaise, et à la maison. J'ai retrouvé Ka, qui ne m'a pas spécialement remonté le moral. Elle pense qu'il n'y a pas de honte à ce que notre fortune provienne de… de… de là où elle provient. Mais je ne suis pas d'accord. Et surtout Anne-So, elle, ne doit jamais, jamais être au courant. Devant l'urgence de la situation, j'ai fini par me mettre carrément à genoux :

L'idée de Ka pour que la vérité n'éclate pas au grand jour, c'était que je devais me débrouiller pour que la journaliste se désintéresse de moi, et choisisse de filmer quelqu'un d'autre.

Parce que si je restais le sujet principal du reportage, forcément, la question de l'argent de mon père serait abordée, décortiquée, et tout le monde serait au courant – exactement ce que je veux éviter. Selon Ka, il fallait donc que je multiplie les gaffes, les fautes de goût…

J'ai essayé d'expliquer à Ka que c'était impossible, je ne peux pas arrêter le shopping ! Mon psy prétend que c'est parce que maman nous a abandonnées bébés, Ka et moi, pour partir pour toujours à New-York faire du shopping. Moi je pense que c'est parce que d'une, papa a de l'argent, et de deux, c'est tellement agréable de s'acheter de jolies choses. Mais quand j'ai vu la tête de Ka, j'ai préféré me taire.

(Je préfère être mal habillée que tuée par ma sœur, hein.)

10. Les stratégies anti-shopping

Moi, j'ai déjà essayé de réduire le shopping : sans succès. Mais Ka, c'est différent. L'autre jour, elle m'a accompagnée faire les boutiques avec Anne-So. Chaque fois que Ka essayait quelque chose, la vendeuse commentait : « C'est le dernier ! Ça vous affine tant la taille… Quelle élégance ! »
Ka n'a pas bronché.

Comment fait-elle pour résister ? C'est simple : elle porte des boules Quiès...

Quand j'essaye d'arrêter le shopping, je demande de l'aide à ma sœur (vu sa nature extra-terrestre, elle est bien placée). Par exemple, une fois, on a décidé qu'elle m'enfermerait dans ma chambre, histoire de m'empêcher d'aller faire les boutiques. J'ai même insisté pour que Ka ferme la porte à clé, comme ça, j'étais sûre de ne pas pouvoir sortir. C'était une bonne idée et ça a failli marcher… Malheureusement, elle avait oublié de me prendre l'ordinateur. Du coup, quand elle est rentrée ce soir-là…

Il y a aussi une solution simple : passer un contrat avec moi-même. Exemple : l'autre jour, je passe devant une boutique qui avait des chaussures magnifiques en vitrine. Des bottes en cuir caramel et des escarpins bleus à boucle. La tentation était vraiment, vraiment forte. Elles étaient siii belles, et puis, je ne peux pas me balader en chaussons, tout de même !

Donc, j'ai passé un contrat avec moi-même :

J'ai pris les deux paires.

J'aime le shopping, c'est tout. Ka, par exemple, donne de l'argent aux Restos du Cœur, au Secours Catholique, à Emmaüs… Moi, c'est presque pareil : je donne à Cannel, à Zaro, à Guerloin…

J'ai fini par me résoudre à utiliser les boules Quiès de Ka – son arme secrète pour résister aux vendeuses. Pour tester, je suis rentrée dans une boutique et j'ai pris mon temps pour essayer un magnifique pantalon noir Parda. La vendeuse me tournait sans cesse autour.

Je suis rentrée à la maison, Ka était là, et je peux vous assurer que j'étais vraiment ravie de mes boules Quiès. Je les ai mises en arrivant et je n'ai pas entendu un mot de ce que ma sœur me hurlait dans les oreilles.

Pour moins shopper : pas terrible. Pour éviter les conflits : impeccable.

11. Le psy

J'essaye de tenir sans shopping. C'est dur. Heureusement, j'ai mon psy. Il m'aide beaucoup. Il est formidable.

Il est vieux, avec des lunettes (pas très *fashion*, mais je suppose que quand on veut faire psy sérieux, on est obligé d'être mal habillé), et dès que je me mets à parler, il griffonne sur son calepin. Il me comprend vraiment : il parle de mes manques et, bien sûr, il a totalement raison. Et en plus son canapé est plutôt confortable.

Donc, avec cette histoire d'arrêter le shopping pour devenir sans intérêt (pour que la fille de Zone Spéciale me lâche et que l'origine de la fortune de mon père reste secrète) : je compte à fond sur lui. Je suis allée le voir lundi ; on a parlé de shopping.

L'air très concentré, il a écrit sur son calepin. Entre nous, je trouve qu'il a de plus en plus de rides. Il fronce les sourcils, et quand je pars à la fin de la séance, il a l'air un peu fatigué.

J'y suis retournée mardi. C'est bien qu'on se voie souvent en ce moment parce que je vous rappelle que je suis privée de shopping et que c'est une situation vraiment très dure.

Cette fois, je lui expliqué :

L'air très concentré, il a écrit sur son calepin. Il a encore froncé les sourcils, sans doute parce qu'il comprend bien ma douleur et mon état de manque, mais c'est un professionnel : il ne peut pas non plus être trop démonstratif.

J'y suis retournée mercredi pour dire :
– J'ai essayé d'arrêter, je me suis même enfermée dans ma chambre. Résultat : j'ai passé la journée à faire des achats sur Internet…
L'air très concentré, il a écrit sur son calepin. Le jeudi, j'ai dit :

L'air très concentré, il a écrit sur son calepin. Je l'observais attentivement. C'est drôle, mais je suis sûre que j'ai vu une ride se former sur son front. En même temps, quelle idée de froncer autant des sourcils.

Vendredi, je ne vais pas vous mentir, j'ai craqué. C'était tout simplement trop dur, trop de pression. Ce manque de shopping, ne rien acheter, ne pas utiliser la carte bancaire de papa, ne pas toucher d'argent pour le sortir de mon portefeuille, c'était juste intenable. Alors j'ai abandonné et j'ai fini par crier :

Il a levé les yeux de son calepin et il a dit :

– Pas de problème ! Ça fera 1 500 euros la consultation, s'il vous plaît !

12. La victoire

1) Aller acheter une glace à trois boules empilées. 2) Entrer dans une boutique. 3) Laisser la gravité faire son effet (c'est-à-dire étaler de la glace partout).

C'était la meilleure solution pour arrêter le shopping. Si je n'arrêtais pas de shopper, j'allais : conserver mon style inimitable, donc rester intéressante pour la journaliste, donc questions sur mon père et l'origine de sa fortune, d'où info étalée au grand jour, et enfin honte éternelle.

Et ça a marché. En quelques jours, j'étais interdite dans tous les magasins de la ville ! Quand j'ai revu la journaliste, elle avait l'air déçue par mon look.

J'ai pris l'air innocent. Effectivement, je ne faisais plus de virée shopping, et mes seuls contacts avec les magasins, maintenant, c'étaient Loclerc, Auchou et Loder Price… d'où je ressortais les mains vides. Ou, à la limite, le marché aux légumes où Ka essayait de m'apprendre à reconnaître les concombres.

La journaliste avait enfin l'air de renoncer à faire son reportage sur moi. Elle a dit que je n'étais plus une *fashion victim*, que mon style était trop classique (avec la jupe plissée et les chaussettes hautes de l'école ? Sans blague !)...

Mais au dernier moment, arrivée devant les portes de l'école, elle a déclaré qu'elle me voulait quand même dans son magazine d'investigation ! Mon plan tombait à l'eau !
J'ai demandé : « Mais enfin pourquoi ? Qu'est-ce que j'ai fait ? »

On a commencé à tourner le reportage.

La journaliste continuait à insister pour rencontrer mon père, pour « apporter un témoignage sur ma personnalité », mais je l'ai aiguillée vers d'autres personnes qui me connaissaient très bien.

Anne-So a dit que j'étais la plus fun, la plus exceptionnelle amie… Ka a dit que j'étais une gamine pourrie gâtée… Et quand la journaliste a encore insisté, je l'ai envoyée vers Poochie et Églantine, qui tiennent le journal de l'école.

Je trouvais pourtant qu'elle avait de quoi faire, mais non, cette satanée journaliste continuait à vouloir rencontrer papa.
Un midi où nous déjeunions ensemble, elle a même fini par craquer et par crier devant tout le monde :
– Ça suffit ! Je veux voir votre père !
– Oui, oui, d'accord, vous allez le voir… Oh la la, faut pas s'énerver comme ça !

13. Ouf !

Ça, c'est ma réaction quand on s'est revues, la journaliste et moi. Elle avait bouclé son interview et m'a remerciée pour ma collaboration.

– Je vous enverrai une copie du reportage avant sa diffusion à la télé… Ah, et vous ferez mes amitiés à votre père !

C'est là que mes cheveux se sont dressés sur ma tête. Sueurs froides : comment avait-elle réussi ?

Le choc passé, quand mes jambes ont de nouveau fonctionné, j'ai couru à la maison. J'ai retrouvé Ka dans notre salon, et je lui ai tout dit.

– C'est simple, a-t-elle répondu ; soit tu assumes, soit tu prends la fuite ! Mais j'avais eu le temps d'analyser la situation, et j'ai rétorqué :

– Non, j'ai une autre solution… Une solution imparable, tu vas voir !

– Aïe-aïe-aïe, je crains le pire, a sifflé Ka. Mais j'étais déjà en train de mettre mon plan à exécution.

Mon idée ? En toute modestie, elle était géniale. Maintenant, on allait savoir d'où papa tenait sa fortune, et ce serait la honte… donc, il me fallait me fondre dans la masse ! Passer inaperçue, devenir impossible à identifier le temps que cette histoire se tasse.

Et pour atteindre mon but, j'avais la solution parfaite : me déguiser ! Me déguiser en l'inverse de ce que je suis d'habitude : *fashion*, élégante, classe… Et j'avais la tenue idéale pour ça.

J'attendais avec appréhension l'arrivée du DVD du reportage que la journaliste devait m'envoyer avant la diffusion de l'émission… Le jour où il est enfin arrivé, je l'ai regardé immédiatement.

Puis Ka est rentrée et m'a vue devant l'ordinateur.

– Tu aurais pu m'attendre pour le regarder… a-t-elle dit.

Elle a de nouveau lancé le DVD. On me voyait à la boutique de l'école, avec Pierre-Charles (siii sexy à l'image) ; dans mon dressing, dans les magasins…

À la fin du DVD, Ka a dit :
– Bon, ils ne disent rien de l'entreprise de papa, c'est super ! T'es pas contente ?

Ka en était encore resté à l'histoire de papa sans remarquer le pire !

– Mais quoi ? a insisté Ka qui ne voyait vraiment pas le problème.

– Mais quoi ? Mais QUOI ? Tu demandes QUOI ? ON ME VOIT EN PYJAMA, voilà QUOI !

La honte ! Ma vie, c'est vraiment un danger après l'autre, je n'ai aucun répit.

14. L'horrible vérité

J'adore vraiment tout dans mon école (spa, pur sang, boutique et salle TV)… sauf les cours d'économie ! Chaque mois, un PDG vient nous parler de son métier. L'autre jour, l'un d'eux a distribué des échantillons de papier parfumés aux huiles essentielles. Les couleurs étaient trop belles, toutes mes copines étaient fans. Moi, je dormais avec application (je rêvais de Pierre-Charles, c'était merveilleux).

Poochie en voulait absolument pour écrire à son chéri. Églantine reniflait toutes les différentes feuilles. Du coup, elles se sont toutes mises à demander où on pouvait trouver ces papiers.

– Eh bien oui, c'est du papier hygiénique, mesdemoiselles ! a rétorqué le type, pas embarrassé du tout.
Églantine a dit : « BERK ! », Poochie a dit : « YIIIRK ! », Anne-So a dit « OH MY GOD », moi je dormais toujours, alors j'ai juste dit : « zzzzzzzzzzzzzzz ».

Tout ce raffut a fini par me réveiller. Dommage, mon rêve avec Pierre-Charles était merveilleux.

J'ai entendu Anne-so dire : « Quel cauchemar ! » Les filles étaient complètement traumatisées.

– Mais… mais qu'est-ce qu'il est venu faire ici ?!! ai-je demandé, complètement sonnée.

– Une conférence sur l'industrie du papier hygiénique, m'a répondu Anne-So.

– C'est pas possible ! Il faut que je lui parle !

Je les ai immédiatement poussées hors de l'amphi.

Celui-là ne manquait pas d'air ! Venir jusque dans mon école pour jouer à « Monsieur Pipi-Caca fait une conférence » ? Mais en même temps, comment voulez-vous que je lui reproche quoi que ce soit ?

J'aime trop mon papa pour ne pas lui faire un gros câlinou dès que je le vois… réputation ou pas.

On est partis faire un tour dans son endroit préféré… au rayon PQ du grand magasin le plus proche !
J'allais dire que je préférais qu'on change de rayon…
... quand Pierre-Charles a surgi de nulle part ! Il a demandé avec un grand sourire si c'était mon petit ami (mon père ! Beurk !).
Et encore pire : Ka a débarqué !

Ne me demandez pas comment je vais m'en sortir : je n'en sais rien.

Table

Marie-Lune

Elle est riche, belle et fan de mode !

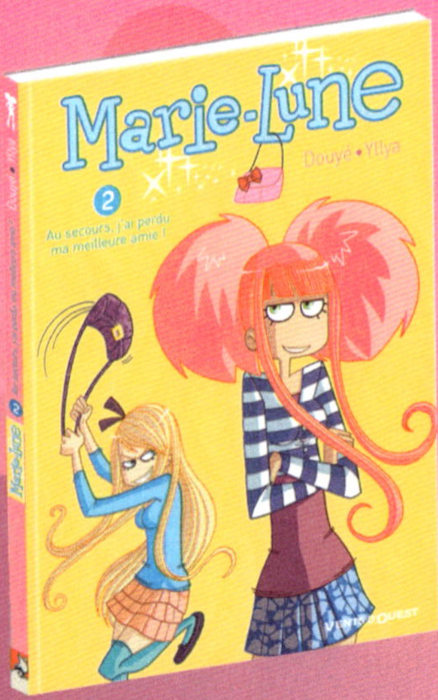

Douyé • Yllya
Marie-Lune
5
VENTS D'OUEST

Douyé • Yllya
Marie-Lune
3
Je suis trop love de lui !
VENTS D'OUEST

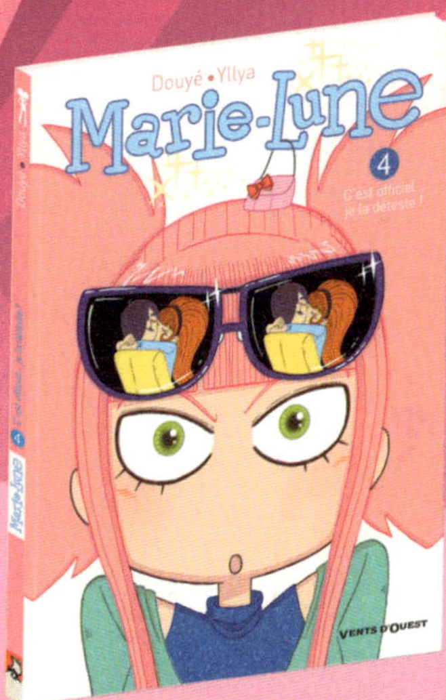
Douyé • Yllya
Marie-Lune
4
C'est officiel,
je la déteste !
VENTS D'OUEST

titeuf
Retrouve
les adaptations
de la BD et du film
en collection POP!
ZEP titeuf 1 même pô mal...
ZEP titeuf 2 c'est pô croyab'
titeuf 3 c'est pô une vie...
ZEP titeuf 4 c'est pô malin...
ZEP titeuf 5 pourquoi moi ?
ZEP titeuf 6 les filles, c'est nul..
BAFF
ZEP titeuf 7 tchô, la planète !
ZEP titeuf 8 le préau atomique
ZEP titeuf 9 Ah ouais, d'accord...
ZEP titeuf 10 au secours !
ZEP titeuf 11 tcheu, la honte !
ZEP titeuf 12 tous des pourris du slip !
ZEP titeuf 13 la méga classe !
ZEP titeuf 14 un truc de dingue !
ZEP titeuf le film
Glénat
hachette JEUNESSE
www.bibliotheque-rose.com
La BIBLIOTHÈQUE rose

Agatha Mistery

ENQUÊTES EN TOUT GENRE

Par les créateurs de Géronimo Stilton

Tome 1

Tome 2

Tome 3 - août 2012

AGATHA MISTERY APPORTE…
… DU MYSTÈRE
… DE L'AVENTURE
… DU SUSPENS,
DANS LA LIGNÉE DU CLUB DES CINQ !

Nom : Mistery
Prénom : Agatha
Age : 12 ans
Profession : futur auteur de romans policiers et experte dans la résolution d'énigmes
Signe particulier : mémoire photographique

Avec son cousin Larry, Agatha forme une redoutable équipe de détectives. Ensemble, ils parcourent le monde pour résoudre les enquêtes les plus variées… Cerise sur le gâteau, Agatha est riche, a son propre majordome, et dispose de moyens techniques dignes des experts de la police scientifique !

L'HÉRITIÈRE DE SHERLOCK HOLMES ET D'HERCULE POIROT EST UNE BLONDINETTE AVEC DES TÂCHES DE ROUSSEUR… VOUS ALLEZ L'ADORER !

« Pour l'éditeur, le principe est d'utiliser des papiers composés de fibres naturelles, renouvelables, recyclables et fabriquées à partir de bois issus de forêts qui adoptent un système d'aménagement durable. En outre, l'éditeur attend de ses fournisseurs de papier qu'ils s'inscrivent dans une démarche de certification environnementale reconnue. »

Photogravure Nord compo – Villeneuve d'Ascq

Imprimé en Roumanie par G.Canale & C. S.A
Dépôt légal : juin 2012
Achevé d'imprimer : juin 2012
20.20.3046.8/01– ISBN 978-2-01-203046-6
Loi n°49-956 du 16 juillet 1949
sur les publications destinées à la jeunesse